CEREAL

TRAVEL & STYLE

主　　编　Rosa Park
创意总监　Rich Stapleton
文字编辑　Richard Aslan

中文版主编　王菲菲
策划编辑　郝兰
责任编辑　郝兰
营销编辑　李晓彤
新媒体编辑　李晓彤

译　　者　张晓敏
装帧设计　申亚申
封面摄影　Rich Stapleton

图书在版编目（CIP）数据

谷物．如何拥有一片森林 / 英国 Cereal 编辑部编著；
张晓敏译．-- 北京：中信出版社，2017.6（2025.3重印）
书名原文：Cereal 06
ISBN 978-7-5086-7619-7

Ⅰ．①谷… Ⅱ．①英… ②张… Ⅲ．①游记－作品集
－英国－现代 Ⅳ．① I561.65

中国版本图书馆 CIP 数据核字（2017）第 108103 号

谷物．如何拥有一片森林

编　　著：英国 Cereal 编辑部
译　　者：张晓敏
出版发行：中信出版集团股份有限公司
（北京市朝阳区东三环北路 27 号嘉铭中心　邮编　100020）
承 印 者：北京利丰雅高长城印刷有限公司

开　　本：889mm × 1194mm　1/16　　印　　张：8.25　　字　　数：120 千字
版　　次：2017 年 6 月第 1 版　　印　　次：2025 年3月第 17 次印刷
书　　号：ISBN 978-7-5086-7619-7
定　　价：68.00 元

CEREAL

序

随着时光流逝，我逐渐认识到旅途再美也终究不是家。年轻的时候，我幻想过去哥斯达黎加，住在加勒比海海边；或者到漫天沙土、炎热无比的摩洛哥去，在镀金的传统庭院式住宅里生活。如此放纵不羁的生活方式对某些人来说未尝不是一种现实的选择，但于我，终究只不过是将生活设想成度假的加长版，仅此而已。多年来，由于居所频繁变动，尽管我仍然渴望与众不同的住宅，但仅凭视觉冲击力已无法让我在某地长留。

在我的印象中，既拥有绝世美景又特别宜居的地方，在世界范围内都屈指可数。而温哥华便是其中的表率。这座城市被皑皑雪山、郁郁松林，以及湛蓝的太平洋所环绕，与此同时，它也有相当都市化的一面，在繁华闹市区，高楼大厦的轮廓在冷灰色天空的映衬下显得自信十足。温哥华不但是我最爱造访的城市，而且是我最乐于称之为家的地方，在我心中占据了独一无二的位置。由于雨水充沛，这里的绿色植被总是散发着水灵灵的幽微美感，我的少年时代便是在这样的环境中度过的。每当飞机降落在温哥华国际机场（YVR）时，我都会感到一种由衷的安适。出于这些缘故，本册《谷物》最长的一个章节便献给了我的“故乡”温哥华，无论是文字还是图像都着力刻画了这座最令我魂牵梦萦的城市的精髓所在。

Rosa Park
EDITOR

目 录

1. 新加坡共和国

008 滨海湾花园
未来项目

019 吉尔曼营房
军营里的现代艺术

024 绿色建筑
让城市越来越环保

035 夏日气氛
影像志

2. 布雷肯山，威尔士

044 布雷肯山
无尽空山

055 小山湖传说
湖女

062 瓦伊河畔海伊
威尔士的书香小镇

插曲

070 ALPINES
墨镜系列

081 多肉植物
室内绿植

086 檀木 33
LE LABO 香水视觉演绎

3. 温哥华，加拿大

094 温哥华之树
自然华盖

105 玻璃之城
映照天气

110 最初的语言
四张地图上的不列颠哥伦比亚语

114 盖士镇
一个社区的变迁

119 托菲诺
离岛

1. 新加坡共和国

REPUBLIC OF SINGAPORE

1°21'53.0"N - 103°59'29.4"E

滨海湾花园

未来项目

GARDENS BY THE BAY

PROJECT FUTURE

文字 & 摄影：*Robbie Lawrence*

在新加坡的第一个早晨，我们从武吉士区的酒店步行至市中心东边不远处的岛屿南端，目的地是投资高达10亿新加坡元（约50亿元人民币）的滨海湾花园项目所在地。这一包括生态系统和大型温室在内的工程设施坐落于新加坡滨海湾（Marina Bay）。尽管长途飞行、睡眠不足使得我们头昏脑涨，但我们仍然强睁着沉重的眼皮，在清晨第一缕霞光映照在城市上空时便起身工作了。一出门，我们便领略到了新加坡的潮湿。虽然7点刚过，但湿润的空气及空气中弥漫的懒散气息很快让我们从悠闲地散步变成疲惫地跋涉。我们沿着宽阔的海滨大道行走，两旁树木夹道，蔚然成荫，我们还途经了莱佛士酒店（Raffles Hotel）华丽的阶梯和雅致的拱形游廊。尽管酒店雪白而丰饶的建筑一如海明威和吉卜林频繁造访其长吧（Long Bar）时的样子，现今却显得更像是殖民时代的一处遗迹，尤其有违滨海湾发展所带来的"崭新的新加坡"形象。这片区域闪耀着未来城市建筑的光辉。从盘旋卷曲的双螺旋桥（Helix Bridge）到摩西·萨夫迪（Moshe Safdie）建造的莲花状的艺术科学博物馆（ArtScience Museum），海湾边的一切都宣告了新加坡政府花巨资重塑市中心景观的决心。假如莱佛士酒店代表的是20世纪末遗留下来的古旧建筑，那么滨海湾金沙酒店（Marina Bay Sands Hotel）则象征着当代的极致奢华。有数据表明，这家耗资71.6亿新加坡元（约353亿元人民币）兴建的酒店是全世界最昂贵的建筑。酒店由三栋摩天大楼构成，最引以为豪的是楼顶的一座面积约1.2公顷的热带空中花园，游客们可以在此一览新加坡海峡水蓝色背景下整个狮城的盛景。

沿着新加坡河岸散步，滨海湾显得无比宁静。零星的晨跑者踏着轻盈的步伐从我们身边经过，预示着这个巨大的商贸枢纽开始从夜晚的睡梦中苏醒过来。日光被商业区的玻璃窗反射到水面上，形成了粼粼波光。将目光移向对岸，我们第一次见到了滨海湾花园。从薛尔思桥（Benjamin Sheares Bridge）下望过去，圆弧形的温室从对岸拔地而起，线条十分流畅，它们的结构筋随着太阳上升、日光不断加强，化为光之箭矢。2006年，时任新加坡总理的李显龙开启了一轮建筑竞赛，让新加坡从一座"花园城市"变成了"城市花园"。这个项目的灵感来自肯辛顿屋顶花园、莱奇沃思花园等19世纪和20世纪英国园艺设计，占地面积约101公顷，将维多利亚花园风格提升到当代水平。这个雄心勃勃的工程最终交由两家英国建筑公司——大联营公司（Grand Associates）和威尔金森·艾尔公司（Wilkinson Eyre）——设计完成。在双方的通力合

▶▶▶

作下，一座集自然、科技、生态管理和奇思妙想于一体的迷宫诞生了。除南极洲以外，地球上每一块大陆上的植物都汇集在这里，并受到细致呵护。由于这个项目志在展示世界各地的奇花异草，所以其中一座玻璃房模仿了干燥的地中海气候，而另一座则重现了寒冷湿润的云雾森林环境。

我们的时差反应似乎也换来了一些特别的收获。我们去的时候，连接两座温室的木结构天井已经被废弃了。招待我们的工作人员有点儿困惑于我们的早到，将我们领进了较高的那座温室。穿过黑暗、逼仄的入口通道，我们进入了内部极其广阔的云山温室。迎面而来的是高达35米的瀑布，散发着彩虹色的光芒，响声震耳欲聋。玻璃房的穹顶上，一团雾气袅袅地穿过雨林进入附近的人造峡谷，我们的衣服很快便被瀑布飞溅的水雾湿透了。呼吸着冷冽的山间空气，欣赏着透过玻璃穹顶从树冠缝隙中倾泻下来的大束大束的自然光，我们不禁惊叹于设计的简洁质朴。沿着围绕主体部分蜿蜒上升的铁质走廊，我们从山脚爬上了山顶。靠近观看，可见这一硕大的植物体是由种类繁多的热带蕨类植物和鲜花构成的。

和云山温室一开始单条上升的路径不同，在毗邻的花房温室里，游客们可以在石林中自由穿行。在云山，我们曾被引入了热带雨林的深处，而这座温室里却种满了南欧的植物，并讲述着随着全球气温升高，那些区域的物种正在迅速濒临灭绝的故事。这个10 100平方米的空间里种满了形色各异的植物，走在薰衣草田和橄榄树间，人们仿佛来到了气候干热的希腊、意大利大陆和撒丁岛。

有些人批评这个项目不够环保，认为这些温室的耗电量远大于这座城市里的一般商用建筑，花园的存在也不过是吸引游客和投资者的一个噱头。即便如此，此地却令我深深着迷。单就景观奇异性和视觉冲击力来说，仅将它视为一种概念建筑的实验来欣赏也未尝不可。如果我们要批评它温室的能源消耗，可以对比夸赞附近的巨木森林（Supertree Grove），这个公园主要利用太阳能发电、供应热水，维持运营，剩余所需能源来自周围树木和灌木丛的断枝残叶在生物锅炉中发的电。剩下的几个小时我们迷失在这座人造森林的秘巷小径里，仿佛完全远离了城市的纷扰。滨海湾花园的每个角落都经过精心设计，我们甚至将一家装饰美观的通风机厂误认成了可持续发展画廊，而它其实就是尽头。一个工人盯着我们看了很久，我们只好装作胸有成竹的样子对他笑了笑，便匆忙离开了。■

地址：新加坡滨海湾路18号，邮编018953
官网：GARDENSBYTHEBAY.COM.SG

吉尔曼营房

军营里的现代艺术

GILLMAN BARRACKS

MODERN ART IN A MILITARY SETTING

文字：*Robbie Lawrence*　摄影：*Rich Stapleton & Robbie Lawrence*

下雨了。雨点很大，下落缓慢，球状的，就像圆滚滚的泪珠。是那种会填满泥坑、浸湿鞋子的大雨。雨点像橄榄油一般懒洋洋地滴落下来，在窗沿上摇摇欲坠，无精打采地从饱满的蕨叶上流淌下来。满墙的叶片朝着四周的山谷迎风招展，隔绝了城市的低语。遥远的海风被沉闷的空气所阻滞。吉尔曼象牙白的建筑散落在波浪形的斜坡上，仿佛丛林里的冰块，白色的灰泥墙在墨绿色的森林前闪着微光。

在新加坡，突如其来的榔头般的倾盆大雨已是司空见惯，热带风暴沙哑地怒吼几分钟后便会灰溜溜地撤退，给人们半个晴朗的下午。风暴带来的雨水是整座城市的命脉。2014年1月，这里发生了史上最漫长的旱灾，这个时候，新加坡由绿色变成了棕色，内阁成员们甚至考虑过实施国家紧急预案。尽管严重依赖降雨，当地人却似乎对规律性的暴雨感到厌烦。今天由于自来水管道故障，直落布兰雅山公园（Telok Blangah Hill Park）到吉尔曼的人行道上一派荒芜景象。

2012年，新加坡政府将这片殖民地时期的种植园改建成了一系列艺术空间。吉尔曼营房由15个大小不一的拱形游廊构成，名字来源于当时的驻地总指挥吉尔曼。第二次世界大战期间，这里曾是英军的军事前哨。尽管这座庄园经历了大规模的翻新，这些硬挺而不着装饰的建筑物仍然反映了前军事营地精简而高效的作风。这里收藏了种类繁多的艺术品，它们的作者既包括声名卓著的艺术家，如草间弥生和张恩利，也涵盖了许多艺术新锐。与市中心展品密集的画廊不同，吉尔曼提供给人们一个更安静、更内省和更单纯的艺术空间。

虽然时间已是下午，很多展馆却仍然大门紧闭。那些开放的房间都是单色调的，里面的展品也不多。一切都十分宁静。长长的露天走廊上空无一人。一扇门吱吱呀呀地半开着，里面是一间废弃的工作室。假如气候干燥，灰尘会在空中乱飞，但在这里，它们聚在一起，如灰色苔藓一般铺满地板表面。微弱的光线吝惜地穿过巨大的方形窗玻璃。小水坑映射出石灰色的天空。一个策展人安静地独步缓行。蓝色香烟烟云弥漫。废弃的调色盘闻起来像茶褐色和焦赭色颜料的味道。雨水如鼓点般杂乱落下。

在这里，独裁主义熨得笔挺的衬衫已经变得褶皱不堪。这是个低调而创意无限的地方。也许政府警惕的目光在它真正开花结果前就会发现它，而且随着名声显赫的艺术家们的不断到来，它也会被扼杀在越来越多的人流里。然而，现在这个小小的艺术中心带有一丝柯勒律治式逃避现实的色彩。某种亚文化的暗示。一个让想象力纵情驰骋的独立社区。雨水仍在滴落，新加坡却是静默的。■

地址：新加坡乐道9号，邮编108937
官网：GILLMANBARRACKS.COM

BLOCK 38 MALAN ROAD

绿色建筑

让城市越来越环保

GREEN ARCHITECTURE

BUILDING A GREENER CITY

文字：*Robbie Lawrence*　摄影：*Rich Stapleton*

“日光照明的大厅十分广阔，墙壁上装饰着木板和苔藓，步入其中，建筑之美同环保意识相得益彰，令人观之难忘。”

飞机一降落在新加坡后，我们就驱车前往市中心。一路上都是盛放的鲜花和伞形的雨树，不难想象200年前岛上的光景如何。1819年，背负着扩展大英帝国海外经济势力使命的斯坦福·莱佛士，初次来到马来半岛南端，迎接他的就是一片幽暗的红树林湿地和雨林洼地密布的土地。这里的空气中散发着成熟植被特有的气味，飞窜的狐狸的尖叫声回荡在浓密的龙脑香树间。这座岛屿的“狮城”之名来源于梵文“simha”(狮子)和“pura”(城市)两个词的组合，过去岛上仅150人左右，都是当地的渔民和商贩。如今，新加坡的人口数量已高达530万，住宅和摩天大楼构成的钢筋混凝土森林已几乎让这片热带土地改天换地。即便如此，直到今日，这座城市绿意盎然的历史证据仍然历历可见。

“二战”后世界新秩序的建立推动新加坡在1959年获得自治权。彼时新上任的总理李光耀根据当地的气候条件因地制宜，将新加坡改造成了一个绿色天堂。此前的20年，新加坡的城市面貌处于一种每况愈下的状态。“二战”的阴霾迟迟不散，城市一片狼藉、破败不堪，商用、民用及工业建筑乱糟糟地挤成一团。李光耀——人们口中的“当代新加坡之父”——实行了一项严厉的城市革新方案，目的是在高度城市化的地带创建一个清洁而自然的空间。尽管有些人质疑他的举措已近乎集权主义(尤其是他执意要严厉处罚乱扔垃圾的行为)，但毫无疑问，这些政策的确让新加坡的城市形象大为改观。由于制定法规必先考虑环境因素，绿色植物在这座城市随处可见：一棵棵树木在街角傲然挺立，矮树林立于露天游人通道两旁，灌木爬上了薛尔思桥的巨型桥墩，不管新房子还是旧房子都装饰着热带植物。

现代发达城市往往让人感到乏味，而前卫建筑和植被的配合却能有效缓解这种贫乏。无论是高耸的皇家花园酒店(Park Royal Hotel)玻璃幕墙外的多层雨林，还是艺术设计与传媒学院(School of Art Design and Media)俯冲草坪式的房顶，本地植物的运用都营造出一种亲近自然的感觉。樟宜机场(Changi Airport)开阔的到达大厅好像公园一般种满了仙人掌和兰花，让人产生一种在宁静的森林里散步的错觉。亨德森桥连通了花柏山公园和直落布兰雅山公园，站在波浪般起伏的桥面上，身前身后都被广袤的丛林所包围。虽然距市中心仅5分钟的车程，此地却遗世而独立，于我而言，这实在是一种难得的奢侈体验。近年来，讨论绿色居住空间如何具有长效的好处的各种文章屡见不鲜，而这座花园般的城市中心的探索将在

▶▶▶

◀◀◀

我的脑海中留下独特的快乐印记。

重要的是，虽然新加坡的园艺绿化所费不赀，但它并非只是一种审美上的穷奢极欲。在有限的城市空间里，麦里芝蓄水池（MacRitchie Reservoir）和武吉知马（Bukit Timah）自然保护区等绿色工程的建成，也让园艺除了美观性又多了一层实用色彩，即生态环保。与此同时，它们也表明了新加坡政府志在赢取“全球最宜居城市”的目标。从2005年开始，新加坡已修建了1 650栋环保建筑。鉴于可持续发展蓝图为2030年所设定的一系列“绿色目标”，这一数字还将继续增加。此外，目标中还包括将回收利用率提高70%，并将能耗缩减35%。根据西门子亚洲绿色城市指数的最新排名，新加坡在一系列可持续指标中名列前茅。考虑到亚洲许多重度污染、资源耗竭的城市现状，新加坡政府强力推进环保的决心更加坚定、明晰。

没去新加坡时，我以为它是那种固化的传统金融中心。然而，事实是我发现这座城市蓬勃向上，创新精神十足。建筑师、开发商和政府官员通力合作，将环保设计融入城市发展之中。例如，皇家花园酒店就采用了空中花园的设计和雨水感应装置，并充分利用自然光。除了高效的制冷系统以外，这一草木茂盛的花园里还设置了集雨系统和太阳能板。日光照明的大厅十分广阔，墙壁上装饰着木板和苔藓，步入其中，建筑之美同环保意识相得益彰，令人观之难忘。杜克–新加坡国立大学医学研究生院（Duke-NUS Graduate Medical School）也展示了类似的设计元素，既体现了可持续发展的理念，又不乏时尚感，比如，其八层的中庭为整栋建筑提供了新鲜空气。联合国人居署世界城市发展委员会荣誉主席尼古拉斯·游（Nicholas You）曾说过：“新加坡是可持续发展的领跑者。”的确如此，从某种程度上说，新加坡政府对环保城市的积极探索为世界其他国家提供了一份蓝图。

▶▶▶

◀◀◀

就在我要为新加坡的可持续发展事业激动地摇旗呐喊时，入口处的空调让我腿上一凉，冷冷地提醒我，这座城市的建筑所安装的制冷系统能耗巨大。随着新兴城市在亚洲不断涌现，这一地区将在2025年迎来10亿新消费者。冷气在某些国家已经成为财富的象征，例如印度，汽车的卖点不在于其优良的加速性能，而在于其迅速制冷的效果。新加坡在制冷系统的投用方面也毫不吝啬，专家们已经开始忧心与之相关的巨大能耗对全球气候变化带来的双重打击：空调所依赖的制冷剂和电能的使用都会导致温室气体过量排放。

不无讽刺的是，这些关于绿色建筑的城市项目的资金来源似乎并不怎么光彩。为了给棕榈种植业腾出地方，这个城市国家对采伐局部森林进行了大力宣传。2013年，苏门答腊热带雨林被焚烧，整座城市被包围在灰尘和烟雾中，本以为这一教训会让新加坡政府有所借鉴，采取一些预防性措施，然而全球棕榈油需求带来的巨额利润似乎更难抵抗。不仅如此，城市繁忙的海港和填海造陆工程也给当地的水体环境造成了严重损害。过去新加坡周围有超过60座离岸岛屿和珊瑚礁，大多数位于大陆南面。自1986年起，新加坡的大多数珊瑚礁上，高达65%的珊瑚已经死亡。诸如此类不甚合理的行为仍在继续，因而许多人对新加坡“生态城市”的提法嗤之以鼻。无法否认的事实是，尽管城市仅占地表面积的2%，它们却消耗了75%的地球资源。

将所有因素考虑在内（并尽量避免给新加坡的环保资质下判断），我发现这座城市大力推行绿色建筑区的举措依然令人印象深刻。对环境问题的持续关注使它成为一个更宜居的城市，对绿色建筑的倡导也有益于大规模节能的实现。在设计与美学上，新加坡也逐渐发展成为一个既带有未来主义实验性，又亲近自然的美丽城市。■

夏日气氛

影像志

SUMMER VIBE

A PHOTO ESSAY

摄影：*Rich Stapleton*

2. 布雷肯山，威尔士

BRECON BEACONS, WALES

51°53'09.1"N - 3°25'57.2"W

布雷肯山

无尽空山

文字：*Richard Aslan*　摄影：*Jonathan Gregson*

> “在这座公园的东边，我们所在的地方，狂风鞭笞着寂静的山谷，我们可以凭想象再画一条线。”

在布雷肯山国家公园的群山之中，海拔1 000英尺（约300米）的位置上有一条看不见的线。我们抵达山脊处时正好穿过了它，上坡的路程让我们有些微喘，手里的相机在强风之中抖颤不已。群山与旷野就这样在我们眼前铺展开来，我用右手托着左手腕，想将尽可能多的色彩收入框中：零星散落着马蹄灰白的绵羊的灼目绿野，点缀其间的荧光黄油菜花，风化的翻新的暗褐色土壤，以及高地上无处不在的羊啃过的棕色草地（短得像麂皮绒）。我们前方是烟黑色的牛群，映衬着白垩色的天空。河水从地面上流过，也流经我们的靴子，冲走了我们蹒跚而行时沾上的巧克力色泥巴。遮挡住水面反射的强光，我从取景器中看到2平方英寸（约13平方厘米）的不完美的图像。我皱着眉删除了它，再扫视了一遍地平线，试图将线条、颜色和纹理都铭记于心。俯瞰我们刚经过的分界线下的地带，大小村落掩隐在山谷和围场里。这些村落的风格同1 000年前东来的罗马侵略军强力推行的建筑相同，每个村庄都由大庄园宅邸及其仆人农舍和外围建筑构成。分界线以上是只有羊和牛栖居的孤峰，在这里你可以随心所欲地漫步。距离我第一次参观布雷肯山国家公园已过去数年，如今重新站在这里，在无边而旷远的苍穹之下，我觉得我们终于到了！过了风景如画的农场，汩汩流淌的小溪和迂回蜿蜒的乡间小路出现在我们面前，没错，就是这里，我记忆中的地方。

这些山不但轮廓各异，地质构成也大不相同。在大西洋常年的风雨洗礼下，我们脚下的山峰变得平滑，是软质的红砂岩山，而两侧崎岖不平的峭壁和山丘则是石灰岩山。在相同的自然力的作用下，这种更坚硬的岩石层也被折断分裂，形成险峻的峡谷和瀑布，雨水也因而流入大海。形态各异的地表侵蚀风貌也赋予了这座公园不同的个性特征。我看了看地图，注意到这里尽管有引以为傲的壮观景色，地名却缺乏想象力。黑山（Black Mountain）是西边的主要山脉，而东边的天际线上蜷伏着一座形态迥异、名字却几乎一模一样的黑山。更令人费解的是，威尔士同英格兰交界处的一座小山丘也叫作“黑山”，翻译成威尔士语是Twyn Llech。公园正南面是狭窄的南威尔士山谷，这里聚集着许多带露台的后工业化小镇；西面是雨水充沛的卡马森郡山丘，这里也是威尔士的牛乡；北面是波伊斯郡一望无际的翠绿

▶▶▶

荒原，紧邻着如托尔金小说里的世界般景色壮美的斯诺登尼亚（Snowdonia）——威尔士第一座国家公园，1951年确立。一年后（1952），彭布罗克郡海岸（Pembrokeshire Coast）紧随其后成为第二座国家公园。又过了五年（1957），比肯斯公园作为最后一个“成员”名列其中，成为威尔士三大保护区之一。

在这座公园的东边，我们所在的地方，狂风鞭笞着寂静的山谷，我们可以凭想象再画一条线。然而，同地图上的红色虚线相比，此时威尔士和英格兰的边界要真实具体得多。我们现在走的这条路，以奥法堤（Offa's Dyke）命名……这项浩大的线性工事西边是沟渠，东边是河岸，传说它是麦西亚（Mercia）的一位国王为抵御凯尔特人的袭击所兴建的，历史上有关这位国王的记录少之又少。最近的研究显示，它的开掘是罗马军团300年前离开此地后的直接后果。无论真相如何，这无疑是一项壮举，堤坝的遗迹如今还时而可见，海浪似的从地面涌现出来。这条小路将它们连成了一条连续步行道，从南到北贯穿了威尔士边境区（Welsh Marches）。

我小心翼翼地摸了摸脸颊和鼻梁，它们被烈日灼伤、强风刮伤了，受伤程度几乎相等。我们需要中途休息。我用手势比画着，指了指道路左边的一个圆形的深洞，那里可以让我们暂时躲避一下怒吼的西风。我们躬身蹲下，拿出三明治，大口吞咽着，登山消耗了大量体能，我们胃口大开。饱餐一顿之后，我将周围环境看得更仔细了。床垫般厚的齐整草地上，方形石头如牙齿一般裸露在外，空气中飘荡着油腻腻的羊毛，这些都在提醒我们，此地不宜久留。这个临时餐房是不是人类建造的呢？我们是不是正在从前某个人的家里或羊舍里野餐？历史在这片草地下呼之欲出。凯尔特人在土木工事、火坑和古坟上留下了他们的印记，不过，1066年，诺曼人又把他们驱逐到了极西的黄金谷（Golden Valley）。

在其后两个世纪的战乱中，入侵者们在山上建满了城堡，从巨大的育雏桩到临时

◀◀◀

防御工事，无所不备。仅需一周多时间，一座带栅栏的城堡营地便能拔地而起。随后可以将其用石头和金属加固，也可以随时拆除。隔一座小丘便可看见隐藏在下面的城墙的遗迹和倒塌的塔楼，还有更多城堡虽然屹立未倒，却爬满了灰尘或者被青草蚕食。之后，锈迹斑斑的遗迹——矿山、工厂、矿井群和荒废的铁路线则见证了这个地区在工业革命中扮演的重要角色。我看了一眼地图上的景点。我们将略过一段复杂而惊人的历史。到了21世纪，这座公园将农业、战争和工业抛在身后，转而开始发展旅游业。由于分界线两侧都有人口密集的城市，这里便成了人们的周末游乐场。未来的考古学家或许无法理解在泥泞的道路上跋涉、爬山、跳跃、骑行和徒步的乐趣，但谁知道他们会如何解读这些更令人费解的遗存呢：猴子保护区；高档酒庄；Dan-yr-Ogof（威尔士语，又名威尔士国家洞穴中心）洞穴景观，洞内有穴居人立体模型，洞外有仿真玻璃纤维恐龙。

精力恢复以后，我们从洞穴里爬出来开始下山，沿原路返回。下山时我们怀揣的是对温暖的渴望和踩着泥巴前行的恐惧。再度踏进石灰岩的裂缝里前，我抬头望了望远处。初次来到这些空山时，我曾天真地想象它们自新石器时代以来便从未改变过。然而，事实是，这种缥缈之美不仅并非从来如此，而且很大程度上是人为塑造的，或者更准确地说，是由羊塑造的。乔治·蒙贝尔特（George Monbiot）在《野蛮》（*Feral*）一书中将这片土地称作“羊的残骸”，他呼吁野性的回归，希望人们停止过度放牧，让河狸、狼、野牛甚至是熊重回野生的自然中。他还回忆起这些地方物产丰饶的过去，河里鱼群密布，甚至可以把人送到对岸去。现在，这些风化了的山峰在我眼中已大不相同：风侵雨蚀、过度放牧让土地失去了植被保护，生态环境已被破坏到只剩下少数几种耐受性强、无遮挡也能存活的植物。我凝视着一望无垠的天空，看见树木奋力从土壤中生长，阳光穿过树叶洒下星星点点的圆斑，风声被鸟鸣和可怕的脚步声所取代。我紧紧盯着地面以防踩空，内心却在发问，除了城堡、工厂、坟墓和塑料翼龙，这里还有什么奇妙之处？■

小山湖传说

湖女

LLYN-Y-FAN-FACH

LADY OF THE LAKE

文字：*Richard Aslan*　摄影：*Finn Beales*

“无论真相如何（如果确有此事），当你沿着这个三面环山、孤寂幽美的湖泊散步时，请记住这里不仅有湖水、青草和石头，深藏历史之中的还有一个美丽女孩儿和一个懵懂不知命运为何物的男子的故事。”

他与她初见时，她是坐是立已不可考；小山湖（即林湖，Llyn-y-Fan-Fach）的水是轻拍着她的裙角，还是幻术般将她承托于水面之上，如今我们也无从得知了。有人说她那时正在梳理她长长的金发，光亮的湖面便是她的妆镜。历代说书人众口一词地称赞她的美貌，认为她比他们见过的所有女子都更美丽。倘若这个男人知道故事的结局，他当时一定会扭头就跑——我们都知道这类故事难得善终——但正如调查地下室莫名敲门声的保姆一样，受故事情节的驱使，他的好奇心胜过了理智。被迷得神魂颠倒的他摇摇晃晃走上前去，把自己的三明治递给了湖女。“不，”她拒绝了，他的惨淡收场本就在意料之中，“你的面包太硬了——我可没那么容易被抓住。”扑通一声，她消失在深水之中。

在叙述者口中，一些细节极其生动逼真，一些细节却很模糊。于是我们虽然知道了这个男人住在布林恩·斯威登（Blaen Sawdde）农场，但却搞不清楚他的名字。或许他叫莱瓦塔（Rhiwallon），身材魁梧，正当壮年？抑或是他叫格温（Gwyn），一个刚成年的小伙子，和寡母生活在一起。今天，人们步行到这里是为了独处的清静，小山湖仿佛是被环抱在一座天然形成的露天剧场里，而我们的主人公当时重返这儿却是为了找伴侣。（他自己的或者是他母亲的）小心机被加进了故事里，他的口袋里有一块未烘焙的面团。东方初白，水面刚开始闪闪发光时他就来了，直等到日落西山，水面漆黑一片时才离开。湖女情意绵绵地等待着，直到他信心消磨殆尽，准备返家时才现身。很明显，她对自己的故事了如指掌，知道他再来一次结局也不会有什么改变。所以当那块湿面团被推到她面前时，她生硬地回复道：“不，你的面包是湿的。我不喜欢你。”又一圈水花，她再一次消失无踪。

◀◀◀

不用我说你也知道，第三天他又来了，抱着一条烤得软乎乎的无懈可击的面包。湖女直到半夜才现身，在瓢泼大雨里（某个时候一定会下雨，毕竟是在威尔士）迈着沉重的步伐。你一定能猜到，当她出场时，不仅他的面包合了她的胃口，她也同意了他结结巴巴的求婚请求。但答应归答应，她也提出了一个条件。“我可以嫁给你，”尼菲尔希（Nelferch，湖女的名字）沉痛地点出了他们的宿命，“但只要你打我三次，我就会永远离开你。”我们的男主人公欣喜若狂，没有表现出丝毫的不安，无知而快乐。在经历了幽灵少女、冷酷的长辈们以及所剩无几的家畜等种种考验后，这对不幸的情人喜结连理。

他们把牛、山羊、猪、绵羊和其他所有一切都带到了新家——山脊上的一座奶厂里。她生了三个儿子。他们的生活美满幸福。但没过多久，命运的钟声响起了。三记拳头，一个接一个地应验了。有一种说法认为这其实是一个隐喻，指温和的凯尔特人在面对粗暴敏捷的撒克逊邻人时，内心所受到的文化冲击。尽管有人认为男主人公脾气火暴，但公认的看法是她因拒绝骑马而被甩了甩手套，在一个受洗仪式上因哭泣而被拍了拍肩膀，在一场葬礼上因大笑而被打了下胳膊。也许这些更多的是文化冲突的一种折射。当最后一击落下时，尼菲尔希兑现了她的诺言。“回家！”她哭着说，“回家！”然后穿越层层山峦回到她的湖里，随她而去的还有牛、山羊、猪、绵羊和其他所有一切，到处都是乱哄哄的叫声。当她跃入湖中时，她心神狂乱的丈夫也跟着跳了进去。尽管湖水接纳了他的身体，他的口鼻、肺部灌满了湖水，但他的灵魂却被拒绝了。最后只留下三个儿子在湖边啜泣。对于很多人而言，故事到这里就结束了。但对于其他人，比如撒克逊修正主义者来说，故事还在继续，他们沉迷于较幸福的结局，即还有一个尾章。他们宣称尼菲尔希后来回来了，将治病的手艺传给了她的儿子们，后者成为迈德菲镇（Myddfai）有名的医生。无论真相如何（如果确有此事），当你沿着这个三面环山、孤寂幽美的湖泊散步时，请记住这里不仅有湖水、青草和石头，深藏历史之中的还有一个美丽女孩儿和一个懵懂不知命运为何物的男子的故事。■

瓦伊河畔海伊

威尔士的书香小镇

HAY-ON-WYE

WELSH TOWN OF BOOKS

文字：*Richard Aslan*　摄影：*Finn Beales*

CHARLES DICKENS
DAVID
COPPERFIELD
I

Finn and his Companions

> “这里不乏古董、手工艺品、织物、露营装备，甚至藏文书法，但如果你不想低着头、十指沾满灰尘地向书籍致敬，那还是不来为好。”

最被珍视的堆聚在明亮的房间里，四周弥漫的是优质咖啡和家居抛光料的味道；一些被视作理所当然的存在，蜷缩在黑暗中，空气里充斥的是它们自身浓烈的气味；还有被遗忘的那些，在木架上发霉变卷，经受着日晒雨淋的洗礼。瓦伊河畔海伊的藏书量大约是其居民总数的6 800倍。这些被编码分类、用铅笔标价的书籍有皇宫里的蚂蚁那么多。直接或间接的，书成了数百位小镇居民赖以生存的工具，并且还吸引了不计其数的游客慕名而来。书封之下是一个包罗万象的世界：无数作家用数十种语言写下了我们所有的知识、希望和恐惧。尽管卷帙浩繁，每一本书——甚至包括以此为生的人们——都只因一个人的远见而聚集在这里。

幸运的是，理查德·乔治·威廉·皮特·布斯（Richard George William Pitt Booth）没有在他选择的会计工作上表现出什么天分，于是他转回到童年时所迷恋的书籍上，在海伊的老消防站里开了第一家书店，那一年是1962年。他很快就发现了点纸成金的秘诀：开发破旧村舍里被遗忘了的图书馆，它们的主人是些身无分文且日益过时的贵族。他的事业越做越大。不到10年时间，布斯已将他的劳斯莱斯幻影V房车停在了新家——海伊堡门外。1977年4月1日愚人节那天，他公开宣称自己是“理查王”（Richard Cœur de Livre）——独立王国瓦伊河畔海伊之王，守护海伊图书王国这一举动也迎合了大众的想象。他将自己的马卡里古拉（Caligula）任命为首相，将女友阿普里尔（April）封为海伊和奥法堤公爵夫人。寥寥数笔，“书香小镇”（Tref y Llyfr）的传奇便诞生了。

如同其与众不同的国王一样，海伊小镇也有着惊人的影响力。这座威尔士山中的袖珍小镇人口不足1 500，一下午就能逛完。小镇书店大多位于交叉路口处或海伊堡下的小广场上，店名都新颖别致，如熊街、狮街、奶酪市场以及牛鼻环。从阳春白雪到下里巴人，这些书店无所不有；无论是博大精深的通论，还是鞭辟入里的专著，平价读物或绝版珍藏，这里应有尽有。不管你购书预算多少，有多么小众的爱好，你能想象到的一切书籍都能在这里买到。理查德·布斯书店曾为布斯所有，现已转手他人，在这里可以看见极少的尘埃在从天窗泻下的光束中优美地舞动着。它是一栋庄严精致的三层楼房，是此地规模最大，也可以说是所有书店中最好的一家。如果把这幢养眼的商

▶▶▶

◀◀◀

业建筑比作海伊的凡尔赛宫，那么小镇边缘的海伊影院书店就是歌门鬼城（Gormenghast），后者也曾为布斯所有。这座堡垒的走廊一直延伸到远处，给这片拥挤狭窄的街区增添了一分地中海风情。单就魅力而言，这两个地方实在是难分伯仲。

除了永久书商们的绅士集会以外，海伊还有一场盛大的季节集会享誉世界。每年的某一时期，小镇外的空地上会支满帐篷，伦敦的文人们拿着手杖来这里参加一年一度的文化节。届时，每家酒店、早午餐式旅馆（B&B）、度假别墅都会住得满满当当，就连周围数英里的地方都会很快变得人满为患，有的住所甚至要提前好几年预订。遮阳棚原本是给游客们提供休息的场所，但后来它们都被收到了小巷子里，让过路人和真正的买家有个地方歇脚。随着游人的大量涌入——最新统计数字超过20万人——小镇为这一年一度的资本输入做足了准备，毕竟交易的钞票是维系这座书镇的命脉所在。即便21世纪经济至上的冰冷触角也伸向了这里，一些书店改建成了其他店铺，但布斯振兴当地经济的梦想仍然得到了很好的保护。许是致敬于此，内罗毕和塞戈维亚也诞生了类似的文化节，以海伊为蓝本打造的永久书镇甚至出现在了遥远的芬兰、马来西亚和韩国。

这里不乏古董、手工艺品、织物、露营装备，甚至藏文书法，但如果你不想低着头、十指沾满灰尘地向书籍致敬，那还是不来为好。如果你对这趟朝圣之旅感兴趣，你会很高兴地知道海伊之王仍然活在他的书香王国里。他的城堡已损毁过半，乌鸦在上空盘旋，比凡尔赛宫更像歌门鬼城。尽管布斯的王国已变成联邦国，守卫城堡的无数书籍也在阳光下褪色，变得残旧不堪，但布斯的灵魂仍荫庇着小镇。这里大体还是他要的书之王国。■

插曲

ALPINES

墨镜系列

流行电子乐队ALPINES演绎，灵感来自其首张专辑《绿洲》

摄影：*Robbie Lawrence*　艺术设计：*Rosa Park*　模特：*Catherine Pockson & Bob Matthews*
服饰提供：*HOKO | hokoshop.co*　发型：*Ashlee Kevlin from MELANIE GILES*

本页：
墨镜 ILLESTEVA
衬衣 OUR LEGACY

对页：
墨镜 OLIVER PEOPLES
衬衣 OUR LEGACY

墨镜 CUTLER AND GROSS
衬衣 OUR LEGACY
首饰模特自备

墨镜 KAREN WALKER
T恤 ACNE

墨镜 OLIVER SPENCER
衬衣 OUR LEGACY

多肉植物

室内绿植

文字：*Charlie Lee-Potter*　摄影：*Line Klein*

多叶蕨类曾一度大受追捧，常常被摆在私人浴室里，然而可惜的是，随着叶片脱落，枯黄的植物最终蜷缩在水箱旁死去。昙花一现之后，室内绿植很快就像祖母的连体裤那样被时代抛弃了。直到带有某种超现实主义意味、如爬行动物般的多肉植物开始风靡，室内绿植才重新回到人们的视线之中。尖锐多刺是它们给人们的第一印象，然而事实是它们大多数都很圆润。它们肉乎乎的饱满的叶子储存了许多水分，圆形的根茎则有利于减缓水分的蒸发。

多肉植物也拥有令人艳羡的强大的进化能力。将自身的优势发挥到极致，这一点很像那些寂寂无名而又异常努力的百老汇的替补演员。多肉植物的类别有数百种之多，其中既包括美丽动人的玛特罗那（Sedum Matrona），也有奇丑的马尾辫棕榈（Ponytail Palm），但最深入人心的还数“母鸡和小鸡”（Hens and Chicks）、玉缀（Burro's Tail）和蛛丝卷绢（Cobweb Houseleek）。

它们身上有种机会主义的色彩，它们会用尽一切办法靠近水源，比如为了抵御空气流动所产生的风干效应，它们直接长出茸毛来保护叶片。事实上，多肉的意图极其明确：它们存在的意义便是寻找、获取与保存水分。它们的根茎很短，所以即便是地面上渗入的一点点雨水都能让它们饱饮一顿。同爬行动物一样，它们的表皮厚且多毛，不易穿透，这些特质都有利于减少水分流失。除此以外，它们还有另一重魅力，即用途广泛。除了汁液丰富，具有强大的舒缓效果的芦荟以外，许多矮小的多肉植物也可用于屋顶绿化。在日光强烈的干旱气候条件下，多肉植物是房屋最好的遮光板——尽管建造多肉屋顶并非易事。很明显，排水和防水系统必须考虑，湿土、苔藓以及含水植物的净重量屋顶是否可以承受，这些也必须预先计算好。

极具观赏性使多肉植物变得与众不同。人们普遍认为它们独特的层次、褶皱、凸起、边缘使其具有极佳的手感。我必须承认，它们神秘的史前样貌让我既欢喜又心存警惕。每当我的手指爱怜地靠近它们饱满的叶片时，就在要碰上的那一刻，我总会下意识地把手缩回去。现在想想，吓退任何可疑的东西可能是它们常年养成的生存本能。毕竟，它们实在是一种聪明绝顶的植物。■

檀木33

LE LABO香水视觉演绎

摄影：*Jonathan Gregson*　艺术设计：*Rich Stapleton*

檀木

纸莎草

椰子

鸢尾根

小豆蔻

3. 温哥华，加拿大

VANCOUVER, CANADA

49°12'07.8"N - 123°10'54.1"W

温哥华之树

自然华盖

文字：*Richard Aslan*　摄影：*Jeremy Koreski*

> “他培育的新品种大获成功，很快，道格拉斯冷杉——与其说是植物学名，不如说是商品名——风靡全世界。”

温哥华总是不由分说地怀抱着一丝绿意。摩天大楼背后往往是山势高耸的群峰，虽有无数的轿车和卡车从支路汇入主干道车流中，但鼓着泡沫的水流从纵横的河网汇入主河道这样的情景也同样常见。尽管城市的边缘已扩张延伸到弗雷泽河冲击而成的平原上，使之变得同其他类似的地方一样呈现出灰黑一片，但也由此显得它周围的峻峭山峰格外翠绿了。即便是连接温哥华市中心最多最灰暗的管道旁，树木（这个故事中的英雄）也仍在咫尺之间。它们生长在沙滩边缘，占满了城市绿地，出没于繁忙的交通枢纽，挤在高速公路两旁。它们从四面八方压境而入，不动声色却异常坚定，甚至让人感到一丝紧张。这几乎是一块从自然母亲手上借来的土地。冷杉、紫杉、雪松、枫树、桦木、桤木、铁杉、云杉、松树，这些温哥华最古老最警醒的居民的名字，如诗歌一般流淌其间。每一棵树木都有自己的历史和传说，它们也是温哥华的故事中不可或缺的一部分。

如果不了解这些最有魅力的市民，你的温哥华之旅将会是不完整的。下文会介绍其中几种最富有个性的树，任何经验丰富的旅行家都知道，不是在树上刻上字就能显出你很酷。想要真正深入了解一个地方，你非得像一个本地人那样走路、说话、摇摆。

锡特卡云杉（西加云杉）——*Picea sitchensis*

感受一下变成一棵锡特卡云杉的感觉吧：一只脚在前，一只脚在后，膝盖微曲；手臂抬高到45°角，像个巴厘岛舞者那样快活地向上伸展手指；吸气，微笑，准备开始！

高度：最高可达100米　**寿命：**长达700岁

锡特卡云杉是太平洋沿岸最知名且世界范围内分布最广的树种之一。原产地是西北太平洋海岸雾带上的一座窄条状的森林，不过在大不列颠群岛和北欧大陆的广袤土地上也能觅得它的踪影。这种长着蓝绿色针叶的美丽树木生长速度极快，因而能满足木材需求量极大的建筑行业的需要。它轻便、坚固、灵活，传声性能优良，不仅可用作建筑和造船的材料，也能用来制作钢琴、小提琴等乐器。它得名于“*shee at'iká*”一词，意为“巴拉诺夫岛海岸的人”，该岛位于阿拉斯加狭地。同这一区域其

▶▶▶

◀◀◀

他民族的原住民一样，“*shee at'iká*”人也用锡特卡云杉的根装饰防水帽和防水篮，以抵挡防不胜防的雨水。随着语言的演变，巴拉诺夫岛如今一般被称为锡特卡岛。

黄杉（美国侧柏）—— *Thuja occidentalis*

按如下提示做可以体验黄杉般的微笑：足跟并拢，双脚向外分开站好，如此显得身形苗条，就像是芭蕾舞队中的第三位；轻轻抬起双臂，手肘微曲，十指松弛向下；吸气，放松；如果戴上圆锥形的帽子或挽上发髻，会显得更逼真。

高度：10~25米　**寿命：**长达4000岁

黄杉是柏属植物里最慵懒最叛逆的一种树木了，叶子是蓝绿色的，树皮仿佛灰棕色的鳞片。人们不禁要问，那为什么要叫黄杉呢？因为这种生长缓慢、特别长寿的树种不仅木质金黄，而且拥有笔直的纹理，价格十分昂贵。坚固的材质使其成为桥梁和木结构房屋的绝佳建材，而它精美的纹路又适合做窗框和门框。这种木头防腐性能极佳，最大的优点就是耐用。在过去，人们常常用它来制作可以传给下一代的器具，例如面具或木弓，或其他常接触水的物件，如厨房用具、船和船桨。黄杉的树皮偶尔闻起来有点儿像土豆皮，可以被缝进织物里做寝具；而它的叶子碾碎时会散发出苹果的清香，可用来制作香料；黄杉的树油也被用作治疗痛风和性病的传统药材。黄杉拉丁名中的“*occidentalis*”是“西方”的意思，它也的确名副其实，仅在海岸山脉的西边才能见到。

大叶槭—— *Acer Macrophyllum*

可以假装自己是一棵大叶槭树：双脚分开，与肩同宽站好，挑逗性地提起臀部；举起双手，十指张开，手肘弯曲呈90°，魔鬼式；倒梳头发使其蓬松，摆出你最喜欢的摇滚明星咆哮的姿势，比如米克·贾格尔（Mick Jagger）。

高度：最高36米　**寿命：**180~200岁

大叶槭体形巨大，性格冲动，慷慨无比。“*Macrophyllum*”就是“大叶子”的意思，不可否认，它的叶子确实很大。加拿大各种槭树中，就数它的叶子最大，其直径可达30厘米。在不列颠哥伦比亚的西南部，这种外来的落叶乔木拥有强大的繁育能力，与此同时，它也能将自己的营养物质输送给其他物种，因此备受推崇。啮齿动物以它的种子为食，而它的嫩枝又是过往有蹄类动物的美餐，一直以来人类就喜食其嫩芽和花朵。同样令人无法忽视的还有苔藓总是大大咧咧地挂在它的树皮上，尽情享用着它释放出来的高钙物质。此外，除了这些显而易见的外在特质，它摇滚歌星般的形象还有更深层次的内涵，即其木材被广泛应用于吉他的制作。然而大叶槭的叶汁却似乎同其不计代价似的生命力相抵牾：同其他槭树相比，它的含糖量极低，因而做不了槭糖浆。

▶▶▶

◀◀◀

美国黑松—— *Pinus contorta*

尝试一下美国黑松的造型吧：站直，双脚紧抓地面，双臂紧贴身体两侧，两掌伸开与地平行；如果可能，让头发蓬松一点儿，就像蒂娜·特纳（Tina Turner）的发型那样。

高度：40~50米 **寿命：**长达400岁

众所周知，美国黑松的树干笔直而高耸，被广泛用于不列颠哥伦比亚省“第一民族”（First Nations of British Columbia）传统木屋的修建。然而它的拉丁名“*Pinus contorta*”——“弯曲的松树”却另有一番含义。别把它想象成女巫的驼背，想象一下螺旋楼梯吧。早期的画像显示，这种姿态优雅的树木的树皮依附在树干上就仿佛理发店门口的旋转灯筒。这种旋曲也明显地体现在它的针叶上：两针一束呈螺旋形生长。美国黑松有强烈的领地意识，一场森林大火之后，重新占领整片地区的树木中总有它的身影。不仅如此，它对环境的耐受性也强于许多其他树种。即便是生长在贫瘠的土壤上，它也能充分利用自己的身高及纤细的体形优势聚在一起，形成所谓的“狗毛林”（dog hair stands）。美国黑松除了用作建材以外，其松香可以缓解咽喉肿痛，树浆可以敷于患处，减缓肌肉疼痛。同时，它也是一种天然的速食食材。夏天，可以从活树上剥下长条的含糖量高的内树皮，直接食用。

道格拉斯冷杉（花旗松）—— *Pseudotsuga menziesii*

像一棵道格拉斯冷杉那样傲然挺立：站在椅子上，双腿分开，膝盖伸直，挺起胸膛；两肘紧贴身体两侧，抬起前臂，手指伸向天花板；坚定、严肃地皱眉。

高度：最高120米 **寿命：**1 000岁以上

除了昂扬的身姿，道格拉斯冷杉和我印象中的不完全一样。它根本不是铁杉，因此其拉丁名中有一个假前缀—— *pseudo*。它是一种冷杉或松树，这也解释了它的名字“道格拉斯冷杉”的来由。这群森林里的武打明星长势惊人，它们的对手只有海边的红树林。而其琥珀色的木头也是一种珍贵的建材。名字中的“道格拉斯”源自罗伯特·道格拉斯（Robert Douglas），一位精明的园艺家，他在19世纪发现了这种松树的商业价值。道格拉斯在加拿大旅行时，这种仪表堂堂的树木吸引了他的注意，于是他便穿越边境，将一些样本带回了伊利诺伊州的苗圃。他培育的新品种大获成功，很快，道格拉斯冷杉——与其说是植物学名，不如说是商品名——风靡全世界。尽管道格拉斯和他的冷杉出尽了风头，但也别忘了可怜的阿奇博尔德·孟席斯（Archibald Menzies），是他在1791年率先将这种树木引入园艺圈的。虽然其拉丁名“*Pseudotsuga menziesii*”已被永久写入历史，但最终人们记住的仍是名扬北美的“道格拉斯”这个名字。■

玻璃之城

映照天气

GLASS CITY

REFLECTING THE WEATHER

文字：*Allison Cross*　摄影：*Jennilee Marigomen*

一年中的大部分时候这座城市都笼罩在乌云之中，雨天更是屡见不鲜。这让温哥华变得更加柔润，雾气总是流连在繁茂的常绿树林间。一些日子雨水轻柔而漫无目的地落下，水珠停留在树叶或者头发上；一些日子雨势凶猛，雨水源源不断地注入街道旁的小河和沟道里。晴日，闪闪发光的高楼会反射出炫目的海天蓝，然而由于雨水太多，各种白灰色才是常态。上班族和游客们在咖啡馆和寿司店里进进出出的时候，用彩色的雨伞点缀着湿滑的城市。行色匆匆的骑行者们身着防水装备，穿过街上形成的雨水洼。女人们带着瑜伽垫涌入健身房上早课。许多桥梁和小渡轮经水路将汽车和旅客送往市中心。

从远处看，温哥华商业区仿佛是一丛闪着光泽的钢铁－玻璃建筑群。坐在一个半岛上观察，这座海岸城市的核心地带好像是从太平洋的水面直立而起似的。现代化的高楼、酒店和公寓大厦外便是皑皑白雪覆盖的山峦。当地作家兼艺术家道格拉斯·库普兰德（Douglas Coupland）以创作温哥华的怪异小说而闻名，他将这座城市称为“玻璃之城”。在他的同名小说里，他对温哥华鲜明的城市风格做出了解释：温哥华之所以偏爱钢铁－玻璃结构而非砖石结构，是出于对阳光的渴求。一栋栋细长的摩天大楼几乎难分彼此，每一层都装有整面的玻璃幕墙，可以望见开阔的山峰和河湾景致。砖石建造的老房子扰乱了温哥华大部分区域所呈现的崭新的感觉，在这样一座由蓝色、绿色、白色和灰色色块建构的平滑城市里显得奇怪又不合时宜。

清晨的温哥华灰蒙蒙的，潮湿而清新。从市中心往北部的布勒内湾（Burrard Inlet）方向驶去，风越刮越大，有一种海盐的味道。飞往附近的温哥华岛的水上飞机从港口起航，朝海边山脉的方向飞行，晨光中，群山仿如一抹藏青色。海滩上，游客们聚集在道格拉斯·库普兰德献给这座城市的另一份礼物——一件形似电子逆戟鲸的雕塑周围。海鸥在头顶上粗声鸣叫着。西边是斯坦利公园（Stanley Park），园中满是幽深小径和百年老树。这里曾是海岸原住民的居所。树桩和坠落的树枝上覆满了鲜绿的苔藓。公园几乎四面环水。敏捷的跑步者和推着童车的母亲们沿着公园外缘的海堤游览散心。连接着斯坦利公园的是狮门大桥（Lions Gate Bridge），这座有三条行车道的悬索吊桥将市中心同北边的山脉连在一起，后者是城郊及滑雪胜地。从阿拉斯加返航的沉甸甸的油轮和游艇进出海港时都要从桥下经过。滑雪的人们将装备绑在汽车顶上，驶入弯曲的高速公路，目的地是惠斯勒（Whistler）。

在晴朗的日子里，太阳慢慢西沉，耀眼的大厦变成一片金黄。白日将尽，高楼明亮的灯火穿透巨大的玻璃窗，点缀着温哥华的天际线。在稍纵即逝的一瞬间，玻璃大厦映照出落日绚丽的色彩，整座城市仿佛着火了一般。寻找快乐的人们在英吉利海湾（English Bay）一边吃冰激凌，一边看日落。终于，最后一丝光亮消失在群山之间。■

最初的语言

四张地图上的不列颠哥伦比亚语

文字：*Richard Aslan* 摄影：*Jeremy Koreski*

第一张地图在我膝盖上起了皱，当我用手掌轻轻地将它展平时，还是响起了一阵哗啦啦的纸声。苍翠的森林，海峡，半岛，群岛。温哥华在褶皱的地图底部露了出来，出现在乔治亚海峡和温哥华岛的肘弯处，一道折痕从中间穿过。地名沿用了东边的叫法，如弗雷泽（Fraser）、皮特（Pitt）、安摩（Anmore）、伯纳比（Burnaby）、兰利（Langley）、格兰维尔（Granville），但其中也不乏特例，如塞米亚莫（Semiahmoo）、科奎特勒姆（Coquitlam）、沙斯瑟勒姆（Shashishalhem）、斯尔沃特斯（Tsleil-Waututh）、汤普森河（Nłe'kepmxcin）。它们进驻了城市街道，一直向海边延伸，并聚集在海湾附近。我在嘴里默念着这些名字，感受着它们陌生的棱角韵律，以及辅音在舌头上的变化。当我的目光沿着一条像挪威那样凹陷的海岸线“北行”时，地图上出现了更多的地方—— Haisla, Nisga'a, Smalgyax, Tingit——我的唇舌玩味着这些名字，手指沿着水湾游览。

第二张地图是某面教室墙上装在画框里的一幅图。你必须站在它侧面，避开玻璃窗的反光和天空云朵的投影才能看得清。那是一片蔚蓝的海洋，上面是一长串的地名，字体很小，所以你必须贴近了看。在河流入海口和群山的阴影里，大大的色块们好像美食摊上的腌肉似的，每一种颜色都代表着一门不同的语言。嫩叶般的新绿色的是一块鱼形的土地，南北走向，一条深深浅浅的黄橙色块将它与大海隔开。再往南，色块相互碰撞，好像一张未完成的拼图。粉、棕、灰、紫繁复交织在一处。所有的颜色共同构成了整个方言谱系。每种语言都有一条分界线。巴布亚新几内亚高地、达吉

▶▶▶

> “再往南，色块相互碰撞，好像一张未完成的拼图。粉、棕、灰、紫繁复交织在一处。”

◀◀◀

斯坦山脉、不列颠哥伦比亚太平洋海岸，语言热点。深入的文化交流和商贸往来让色块分界变得越来越模糊，山谷并非与世隔绝。加拿大一半的语族都分布在海岸边的狭长地带。温和的气候，丰饶的大海，物产富足的森林。这一切不禁让人相信，此地的语言及其他方面的丰富性是根植于土壤中的。

第三张地图出现在从图书馆借来的一本指南底页，被翻开时它似乎有些不情不愿。地图是六角形的，粘在书上，图上有纵横交错的白色街道和黄色的环形辅路。这是公牛之眼、海岬、水湾、河口，密密麻麻的文字覆盖在繁杂的线圈之上。斯夸米什（Squamish），措瓦森（Tsawwassen），昆特兰（Kwantlen），塞利希（Salish）。原住民区域的名字并非游离于城市边缘，而是被包含在内。马斯魁木人（Musqueam）说Hen'q'emin'em'语，流利使用的0人，听得懂或会说一点儿的27人，还在学习的7人。他们的语言汇入Hul'q'umin'um'语和Halq'eméylem语，二者都是Halkomelem语的分支。后者的熟练使用者257人，能听懂或会说一点儿的987人，学习者2 052人。这座城市是围绕着马斯魁木成长起来的。想去马斯魁木印第安人保留地（Musqueam Indian Reserve），出城后要上SW海洋公路（SW Marine Drive）左侧的塞利希公路（Salish Drive）。此处还有马斯魁木公园、马斯魁木高尔夫学院、不列颠哥伦比亚大学灰点校区。在C'usna'em的一座4 000年的贝丘上修建108个单元的商用公寓的工程被暂缓执行。

我的最后一张地图闪现于电子屏幕上，阳光从左边斜射过来，显示屏的颜色变得暗淡。浅桃红色的加拿大西边是碧绿色的太平洋。放大看这片多语言并存的地区请点击此处。俄罗斯套娃一层套着一层，语言也是如此。我一次次点击，一层层靠近。添加音频文件，发音十分细致，好像在岩石密布的河床上行走一般。每一枚上标仿佛一块木板，切断了气流。单词表被收集起来，注上标签，安全保存。Halq'eméylem：1 745个词语和667个短语已存档。South Carrier：1 530个词语和830个短语已存档。Sencoten：726个句子和1 325个短语已存档。海豹，貂，婴儿，海鸥。“见到你很高兴，我的朋友。”（"Ey kw'els kw'etslome, el siyaye."）我点击鼠标，一个页面打开了。出了故障，所有的音频文件突然同时播放起来。声音嘈杂，似乎在互相诉说着什么。然后它们又一一消失。最后的声音是一句结构复杂的传统问候语，兀自重复了近一分钟。■

盖士镇

一个社区的变迁

文字：*Allison Cross*　摄影：*Jennilee Marigomen*

温哥华是由盖士镇孕育而来的。这里暗色的鹅卵石街道、充满历史气息的砖石建筑，以及别具特色的路灯，无一不表明在这座以玻璃、钢铁和绿植为主要元素的现代都市里，盖士镇是一个例外。坐落于城市的东北角，这片区域原本是一家锯木厂，也是巴拉德湾进出口货物的中转地。150多年前人们才真正开始在这里定居。当时，人称“啤酒杰克”（Gassy Jack）的约翰·德顿（John Deighton）是一名轮船长，他最先在这里给锯木工人们开了一家沙龙。后来这片临海的聚落越来越繁华壮大，在1886年变成了温哥华市。大萧条时期过后，这一社区衰落了，一排排废弃的建筑和阴暗的街道令人们避之唯恐不及。20世纪60年代晚期，盖士镇的命运到了生死存亡的紧要关头。彼时的城市规划者们提议修建一条巨型高速公路，这条横穿盖士镇中心区域的路线将彻底摧毁它的存在。为了挽救盖士镇以及附近的中国城与斯特拉斯科纳（Strathcona），社会活动家们强烈反对这一提案，高速公路的计划最终被永久搁置了。盖士镇也重整旗鼓，开始复苏。1971年不列颠哥伦比亚政府将其列入历史遗迹后，这里存在了一个多世纪之久的砖房建筑被严格保护起来。2009年，联邦政府又对此进行了追认。

盖士镇是两个截然不同的世界的缓冲区。社区西面是流线型的办公大厦、银行大楼和豪华酒店，而大部分瘾君子则集中在东部，主街与东黑斯廷斯街的交汇处，公开买卖和使用毒品。一些主张社会公平的人反对将盖士镇及其周边区域变成高级住宅区，他们担心廉价住房会逐渐被全新的昂贵公寓所取代。2010年伍德沃德大楼（Woodword's Building）的开发商们重

▶▶▶

OLD FAITHFUL SHOP
GOOD QUALITY GOODS
320
OLD FAITHFUL SHOP
GOOD QUALITY GOODS

MUSTARD
MAN MADE BY MEAT & BREAD

◀◀◀

建了这座历史建筑，试图在前瞻性和适用性上获得一种平衡。伍德沃德原本是加拿大的一家现已停业的百货商店，它在1903年建造了这幢建筑，那时，盖士镇还是高档商品会聚的商业枢纽。随着公司破产和该地区衰落，这栋大楼逐渐被空置了。开发者们拆除了楼里的部分结构，改建了一些设施，从此，这里不仅可以提供价格公道合理的公寓，还容纳了托儿所、银行、艺术大学、超市，以及公共广场。在很多人心中，这里是多样化社区的成功范本，然而对那些致力于社会公正的人而言，这还远远不够。

今天，盖士镇既是一座飞速运转的娱乐都市城镇，也是一座轻时尚重镇。维多利亚式楼房里进驻了各种科技公司、建筑公司、艺术画廊，以及一系列个性十足的独立时装店和生活方式商店。数不胜数的特调咖啡店供应五花八门的咖啡壶，咖啡迷们可以在此尽情挑选。还有一些画廊，如位于一间大仓库里的海岸居民（Coastal Peoples）画廊，展览原住民和因纽特人的雕塑、珠宝、织物、雕刻和玻璃工艺品。工作结束后，年轻的职业人士和创意家们挤在塔帕斯餐吧和美食酒吧里，寻找夜间鸡尾酒会的消息。周末的夜晚，出租车们在湿溜溜的鹅卵石路面上排起了长队，等候着从一间酒吧转战另一间的派对动物们。百年老宅已被改建为壮观的loft公寓。在桌球房和仓库间，各类独立咖啡馆、水上疗养院和旅游商店纷纷开张。盖士镇的复兴让这个温哥华的诞生之地成为一片更强大的社区，并变成了一个商住皆宜的理想之地。■

托菲诺

离岛

摄影：*Jeremy Koreski*

撰稿人

Allison Cross | 作家 | 温哥华，加拿大

Charlie Lee-Potter | 作家 | 牛津，英国

Jeremy Koreski | 摄影师 | 托菲诺，加拿大

Jonathan Gregson | 摄影师 | 伦敦，英国

Line Klein | 摄影师 | 哥本哈根，丹麦

Finn Beales | 摄影师 | 瓦伊河畔海伊，英国

Jennilee Marigomen | 摄影师 | 温哥华，加拿大

C E R E A L

readcereal.com